本書は 2021 年 5 月 12 日（看護の日）から 18 日まで、ギャラリー「ウィングアート」（東京・浜田山）で開催された「川嶋みどり（詞）・渡辺淳（絵）展」で展示した作品を一冊にしたものです。作品は、『あなたの看護は何色ですか』（看護の科学社、2009 年発行）に掲載の渡辺淳画伯の原画に川嶋みどり氏の直筆の詞を組合せ額装しました。これらを一冊にしたら、既刊本とはまた違った世界の『看護詞花集 あなたの看護は何色ですか』が生まれました。

（企画・主催：河田由紀子）

看護詞花集

あなたの看護は何色ですか

川嶋みどり

絵：渡辺　淳
撮影：川嶋　均

看護の科学新社

看護詞花集に寄せて

川嶋みどり

　人生の大半を看護とともに歩んできた私は、何かにつけて看護とつなげ考える習性が身についてしまいました。

　四季の自然のうつろい、日常のありふれた営みやできごとのなかに、看護への示唆が何と多く含まれていることでしょう。

　ご縁があって、私の小さなつぶやきに、渡辺淳画伯が絵を描いてくださって『あなたの看護は何色ですか』（看護の科学社、2009）が出版されました。

　峠の道、野の花や草が、美しい色で自由にさりげなく描かれ、私のつぶやきが色になりました。色が、その時々の心のありようによって見えなかったり、違って見えることを何度も経験しました。色は時には心を癒すケアにも通じることを感じます。

　そして、このたび、コロナ禍のなかで、原画展が実現しました。渡辺画伯の絵に、私の文字を重ねました。本書はその原画展を再現したものです。

　「あなたの看護は何色でしょうか」

2021年11月15日

2021 年 5 月 18 日。展覧会の最終日の川嶋みどり氏。この日は氏の 90 歳の誕生日。このコロナ禍においてお誕生会は叶いませんでした。(河田)

心あられに
この一足を
ふみ出しれ私の足もとに
もう匂いスミレが
息づいている

みぐり

新たな年の始まり。誰もがスタートラインに立つ気持ちは新鮮だ。
木々の葉も落ち、小鳥のついばみ残した南天の実の紅一点の庭。
ふと足元を見たら、何と、この寒空の下、霜の降りた土の間に凛として
小さな自分を主張している花の存在。「私も頑張ろう」と。

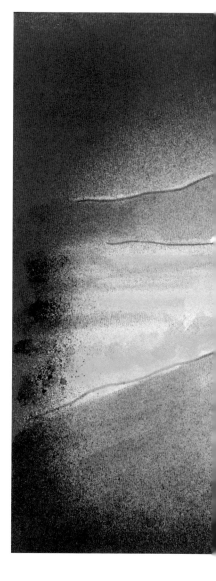

毎朝決まった時間に家を出て、通い慣れた道を歩く。
時間にゆとりがあっても何時も早足で歩く習性は看護師ならではのもの。
私にとっての通勤路は、妻として主婦としての私が心のユニフォームをまとう道でもある。
だから思いは患者さんのことばかり。「今日も一日よい仕事を」。

朝
駅に向かう具足
ひと
待つ患者への思いを
吐く息はまだ白い

フレッシュナースの
上気した頬とひとみ
いを弾ませて語る
今日のできごと
若いっていいな
彼女たちのためにも
この転場を

　　　　　みどり

不安と緊張がないまぜの新人の思いは誰もが通って来た道。
1日も早く独り立ちしたい。
小さな達成感をともに喜びあう職場環境って素敵ですね。

光る川　われる風

緑の土手に

はだしの保育園児たち

ママも初泳ぞる

五月の病室

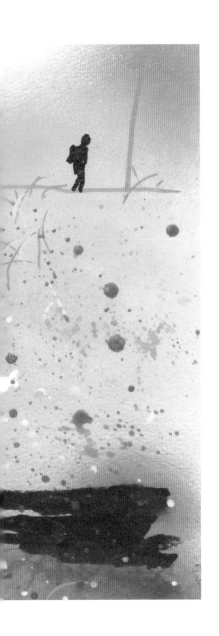

「いかがですか」
バイタル測定に入った病室の窓から見える
江戸川の土手。
いっせいに出そろったホソネズミムギと
カラスムギの緑の葉でおおいつくされ、
風になびいている。
遠くのほうで子どもの声。
あれは近くの保育園児たちのお散歩。
一瞬、「わが子は何をしているのかしら」と。

紅色のざくろの葉
雨にぬれてはじらう
萌黄色の藤の葉は
むらさきの花とひそひそて映える
五月の葉っぱの
多様なと個別性

　　　　　みどり

同じ葉っぱでも、それぞれに違った緑色。
5月の陽光は限りなく多彩な色を演出する。
梅と杏の青い実、
風にのってブランコするグミも色づく。
庭全体が、花や若い実をつけた木々で彩られ、
酸っぱさや、甘さ、ちょっと渋みのある味わいを
与えてくれる。
自然に包まれた私の小さな庭の刻々の変化は、
お金では買えない大切な宝物。
時に癒し、時に励まし慰めてくれる。
看護チームもこのようでありたい。

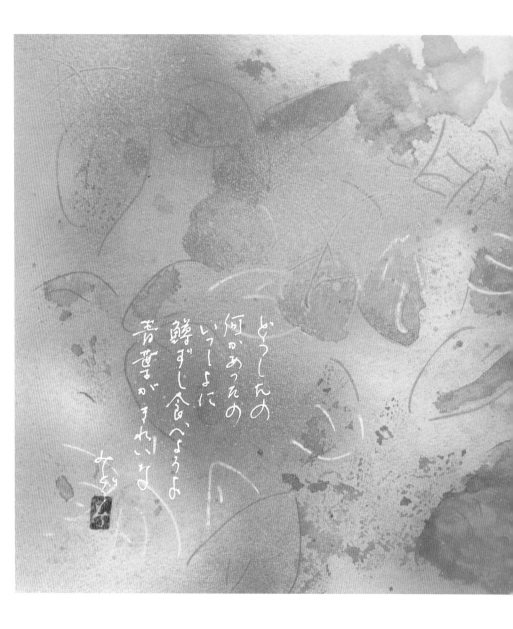

どっしんの
何かあったの
いっしょに
鮨ずし食べようよ
吾輩がすれいる

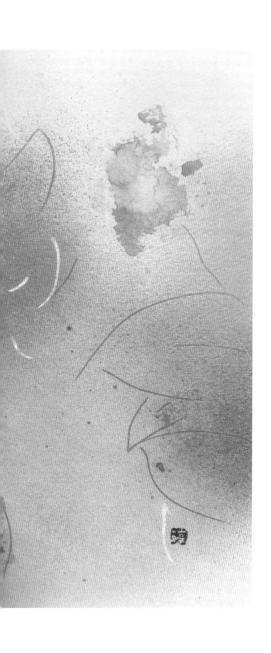

笹の葉を開いたら
真っ白なすし飯の上のピンク色。
なぜか心が弾む青葉の季節。
どんなに落ち込むことがあっても
私には味方がいる！
黙って話を聞いてくれる先輩がいる。
だから、私は強くなれるんだ。

私を主張して
とりどりの花
摘みいで
のびやかな
新人れるの

みどり

未だチームに溶け込めない新人の個性ってユニークだと思いませんか。
型にはめようとせず、それぞれの個性を発揮させながら育てるって、大変だけど。

海峡の花火
どよめく人々の声も
祭りの余韻も
暗い沖に
夏の終りのみちのく旅情

みどり

ラッセーラー！　のかけ声に合わせて
跳ねる人、人、人の波。
ねぷたの列を離れて、路地裏で
イカそーめんに舌鼓を打つ。
見上げた空の花火が夏のおわりを
告げていた。
今は亡き友と参加した学会後の青森
の夜。

教え、実践し、究める
場のちがいを
共通のことば（看護）がつなぐ
湖畔の夏の夜

　　　　　　　　　みどり

琵琶湖畔で「固定チームナーシング」全国大会。
よりよい看護の実践を求めて、全国から集まった看護師たちの熱気。
リーダーのユニークさと会員たちの真剣さに圧倒された夜だった。

熱い湯に浸して絞った蒸しタオルを、背中にぴったり当ててバスタオルで覆う。
誰もが「気持ちがいい」「まるでお風呂に入った気分」だと。
自然の回復過程を整える看護の醍醐味。

風が光る午後
バックケアにまどろむ老人
私は心をこめて記録を
こんな日が
何日もあるといい

みどり

それぞれの夏

パワフルに充電したから

やさしくなれそうな秋

桔梗は白とむらさき

みどり

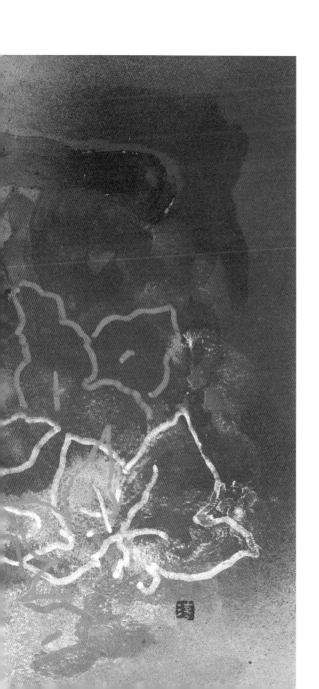

苦しみをいやす
悲しみをしずめる
よごれんものを
　　　すくいとる
共感をこめてタッチする
心を伝える
春慶師の手

みどり

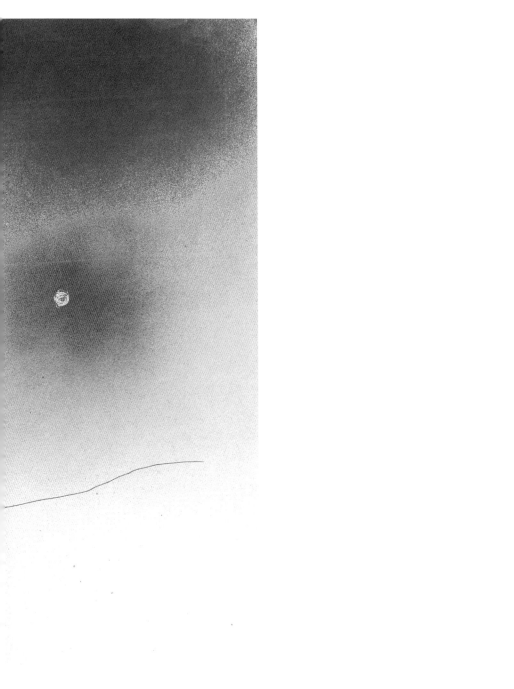

ごくろうさま」と
患者さんに声をかけられ
涙ぐむ朝
一人立ちした新人の
はじめての浮足動

みどり

ようやく一人前の看護師として
認められた証としての深夜勤。
白みはじめた窓にたたずむ患者
さんにふと声をかけられて。
緊張と疲れた足が、ふーっと遠
のいたことを今も覚えている。

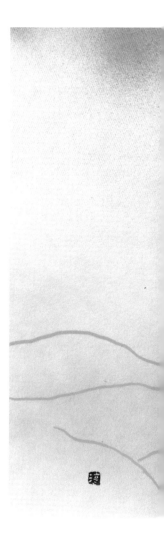

成人式を迎えたばかりの君が、突然、目の前から消えた。
翌年の春、神戸での講演時に案内してもらった夙川（しゅくがわ）の桜並木の色が
グレーの帯にしか見えなかった。
心のありようが、目に映る色に及ぶことを実感した。
今、君とともに見るあの山なみ。

萌える梢がかすむ

山脈はるか

輝いて生きぬかれ

君を恐う

みどり

時間と量と気温
風景を一変させる雪
ひとつひとつの看護婦の
たゆみない実践の蓄積は
何と炎えるでしょうか

みどり

看護学が実践の学であるなら、日々のどんな小さな実践も
ていねいに1つ1つ積み重ねていくことが大切ではないかしら。
雪だって降りはじめは土に吸い込まれ溶けて見えなくなってしまうけれど、
たくさん降るうちに、ほら、山だって庭の木々だって真っ白になるでしょう。

「チックン（注射）しても
ボク泣かないよ」
ズボンの胸ぐに
両手を入れたまま
あの子の肩ぐ正まれ白も
木枯らしが　病室の
窓を叩いている

みどり

付き添い禁止の小児病棟。
ウイルムス腫瘍で入院してきた3歳の男の子。
「ぼく、けんちゃんっていうの」と人懐こく自己紹介をしてくれた。
茶色のコールテンのズボンの愛らしさ。
「早くママのお家に帰りたい」と言いながら、聞き分けよく甘えていたのに
手術の日を待たずに。

金色に映える　朝の雲
新しい何かが始まる。
自然な　ありんの微笑み
あたたかい　ユーモアに
心なごむ　人のために
ゆとりのある歩みにしたい

みどり

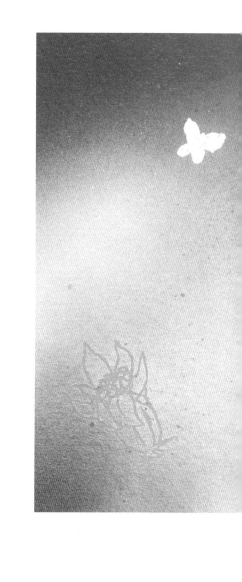

老いや病いと
ともに生き
豊かに暮し続けられる
酒値を求めて
これからも
ずっと老骨炉

みどる

愛
だから強くなれる
知
だからやさしくなれる
かんご大好きな
あなた

みどり

愛があればどんな苦労も乗り越えられる。
愛があれば厳しい試練にも耐えられる。
大切なものを守る力も愛あればこそ。

あなれの
看護は
何色ですか

コーラスグループ「コール・シャマイクル」が歌う

触れて癒すナースの手

2019 年 6 月

「コール・シャマイクル」の紹介

コール・シャマイクルは NTT 東日本関東病院で生まれたコーラスグループです。声楽家の太田真季先生の指導のもと、歌う心と技術を学び、発表会やコンサートを毎年行っています。現在は 9 名(休会中のメンバー 3 名)で活動しており、2022 年は 30 周年になります。東日本大震災後の被災地において、川嶋みどり先生の講演と歌の集いでみなさんを励まし、応援してきました。そして、ここに紹介した「触れて癒すナースの手」の歌が生まれました。折あるごとに歌わせていただいています。(代表：北橋とも)

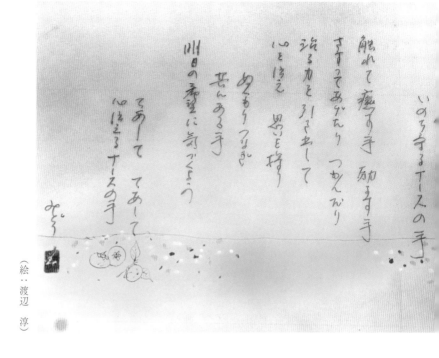

編詞・作曲：電通うたごえ創作会議
原詞：川嶋みどり

（絵：渡辺　淳）

原詞「てあーての歌　触れて癒すナースの手」

ゆったり伸びた可愛いあんよ　あなたを支える
私の手のひら
ぴちゃぴちゃ湯の音聞こえるかしら
ママのおっぱい沢山のんで　大きくなるのよねえ
赤ちゃん

てあーて　てあーて
小さないのちまもるナースの手

怖がることはありません　あなたのそばにずっといて

握ってますよしっかりと
目を閉じて深く息を吸って　任せて下さいこの胸に

てあーて　てあーて
不安を和らげるナースの手

あなたに触れた　３本の指は私の心のモニター
細い糸のように震える脈も
数とリズムと強弱で　あなたの病状じかに知る

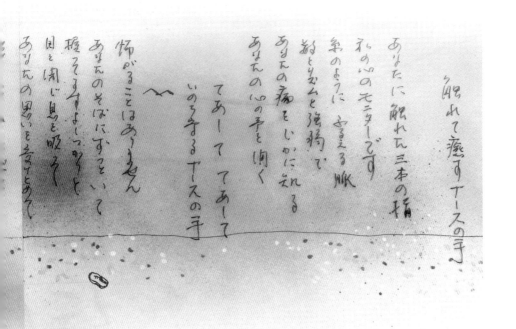

触れて癒すナースの手

あなたに触れた三本の指
私の心のモニターです
糸のように　支える脈
ゆとりズムを強調で
あなたの病をじかに触れる
あなたの心の手を聴く

てあーて　てあーて
いのちする手ナースの手

怖がることはありません
あなたのそばにずっといて
握ってすりすりとんとんと
肩に閉じ息を吸って
あなたの思いを受けとめて

てあーて　てあーて
アセスメントするナースの手

お見舞い待ってるさびしいあなた　どうやら肩が
こってますね
生きたあかしの広い背中
ごくろうさまごくろうさま　揉みましょう叩きま
しょう

てあーて　てあーて
共に生きる手ナースの手

だるい足つらい呼吸　ぱんぱんに張ったおなか
さすりましょうこの手で
あなたの思い受け止め　そっと触れましょ
癒しましょう

てあーて　てあーて
薬よりも注射よりもナースの手

川嶋みどり　略歴

1931 年 5 月 18 日、京城(現在のソウル市)に生まれる。看護師。
1951 年日本赤十字女子専門学校(現在の日本赤十字看護大学の前身)
卒業、日本赤十字社中央病院(現在の日本赤十字社医療センター)勤務。
その後、卒後研修、看護基礎教育に携わる。看護の自立をめざして、
看護に対するゆるぎない信念は多くの看護師の共感と信頼を得ている。
現在、健和会臨床看護学研究所所長、日本赤十字看護大学名誉教授。
一般社団法人　日本て・あーて(TE・ARTE)推進協会代表理事。
1995 年若月賞、2007 年ナイチンゲール記章、2015 年山上の光賞受賞。
著書:「ともに考える看護論」(1973 年、医学書院)、「キラリ看護」
(1993 年、医学書院)、岩波新書「看護の力」(2012)、「いのちをつな
ぐ―移りし刻を生きた人とともに」(2018、看護の科学社)、最新刊
「川嶋みどり看護の羅針盤　366 の言葉」(2020 年、ライフサポート社)
など、130 冊を超える。

渡辺　淳 略歴

1931年7月25日、福井県大飯郡川上村(現在のおおい町)に生まれる。画家。

炭焼きや郵便配達の仕事のかたわら、若狭の自然を描き続けた。

「この谷の土を喰らい、この谷の風に吹かれて生きたい」。「野の詩人」とも「声なきものの声を聴くことができる画家」とも謳われている。

作家水上勉との出会い(1970年)により、同氏の著作70冊余りの挿絵・装丁を担当する。

若州「一滴文庫」の創設に尽力。

1967年「岩窯と蛾」で日展初入選、以後8回入賞、1981年安井賞展入選、1993年黄綬褒章受章、2001年福井県新聞文化章受章。

2017年8月14日永眠(86歳)。

著書：「自叙伝　山椒庵日記」「渡辺淳画集」など多数。

2004年に「渡辺淳スケッチ集(名田庄のスケッチ)」、没後2018年におおい町から「渡辺淳スケッチ集(大飯の集落)」が刊行される。

看護詞花集　あなたの看護は何色ですか

発　行：2021 年 12 月 15 日　　第 1 版第 1 刷 ©

　詞　：川嶋みどり

　絵　：渡辺　淳

撮　影：川嶋　均

編　集：河田由紀子

協　力：ウイングアート・稲川あすか

発行者：濱崎　浩一

発行所：看護の科学新社
　　　　〒161-0034　東京都新宿区上落合 2-17-4
　　　　電話 03-6908-9005　　ファクシミリ 03-6908-9010

印刷・製本：アイワード

ISBN978-4-910759-00-5